AF495017

L'AMOUR
ET LA GUERRE,

VAUDEVILLE EN UN ACTE,

PAR MM. ETIENNE ARAGO, VICTOR ET DESNOYERS;
(Varin)

REPRÉSENTÉ, POUR LA PREMIÈRE FOIS, A PARIS, SUR LE THÉATRE DU VAUDEVILLE, LE 22 AOUT 1825.

PRIX : 1 FR. 50.

A PARIS,

CHEZ QUOY, LIBRAIRE,
ÉDITEUR DE PIÈCES DE THÉATRE,
BOULEVARD ST.-MARTIN, N° 18.

1825.

PERSONNAGES.	ACTEURS.
M. BLINVAL. (caractère de bonhomie).	M. LEPEINTRE jeune.
DERNON, colonel de cavalerie, âgé de quarante ans. Redingote militaire, ouverte au bras droit (premier rôle). . .	M. GUILLEMIN.
OCTAVE DERNON, son frère, artilleur à cheval, âgé de vingt-cinq ans.	M. LAFONT.
MATHILDE, fille de M. Blinval.	Mlle. CLARA.
VALENTIN, espèce de Maître Jacques.	M. VICTOR.
DOMESTIQUES DU BARON.	

La scène est en Allemagne au château de M. Blinval.

Les acteurs sont placés au théâtre comme en tête de chaque scène, en commençant par la droite.

Vu au ministère de l'Intérieur, conformément à la décision de Son Excellence, en date de ce jour.

Paris, le

Par ordre de Son Excellence,

Le chef du bureau des théâtres,

COUPART.

Tout exemplaire non revêtu de la signature de l'éditeur sera réputé contrefait.

DE L'IMPRIMERIE DE E. DUVERGER, RUE DE VERNEUIL, N° 4.

L'AMOUR

ET LA GUERRE,

VAUDEVILLE EN UN ACTE.

Le théâtre représente l'intérieur d'un pavillon : deux portes latérales ; une porte ouverte dans le fond, entre deux fenêtres, à travers lesquelles on voit un jardin. A droite du spectateur, sur le premier plan, un bureau avec une grande carte étendue ; du papier, des plumes, etc.

SCÈNE PREMIÈRE.

BLINVAL, VALENTIN.

BLINVAL, *il est assis auprès du bureau et examine la carte. Valentin est appuyé sur le bureau et écoute M. Blinval.*

Superbe carte d'Allemagne!... tout y est indiqué... jusqu'à mon petit château... Tiens, regarde Valentin, c'est pourtant là que nous sommes en ce moment.

VALENTIN.

Vous croyez?... Ma foi, moi, Monsieur, je n'y vois que des pattes de mouche et des zig-zag.... Si seulement je pouvais voir ou c'qu'est l'armée française....! est-elle là-dessus l'armée française?

BLINVAL.

Tu vois bien cette chaîne de montagnes?

VALENTIN.

Ah! c'est des montagnes... j'aurais pris ça pour une melonnière.

BLINVAL.

Imbécille!... l'armée française est campée dans la plaine qui est au pied de ces montagnes..., et c'est sur ce point noir que le colonel a été blessé.

VALENTIN.

Ah! c'est là!... L'affaire a été chaude!... Et M. Dernon nous a sauvés d'un fameux danger...

BLINVAL.

Certainement... un parti autrichien s'était fourvoyé jusqu'à ce petit bois... Nous étions perdus si le colonel Dernon n'eût fait à propos une sortie du fort de Tilnitz... Il repoussa l'ennemi, mais il reçut une blessure grave...

VALENTIN.

Heureusement vous étiez là avec votre château.

BLINVAL.

Oui, je me suis empressé de le recueillir...; pouvais-je faire moins pour un Français, pour un héros?... (*Il se lève.*) « Quittez l'Allemagne, m'écrivaient mes amis de « Paris; fuyez loin du théâtre des combats... » J'ai toujours répondu : « La guerre va recommencer... eh bien! je « serai là..., non pas pour faire le coup de fusil moi- « même..., mais mon château pourra devenir l'asile de « quelque militaire blessé... » Vois-tu, Valentin, l'on se doit toujours à ses compatriotes..., surtout quand ils sont colonels.

AIR : *Il me faudra quitter l'empire.*

Je suis trop vieux; mais si ma main tranquille
Ne veut point donner le trépas,
Que mon château devienne au moins l'asile
De nos guerriers blessés dans les combats.
Je n'ai jamais, enflammé par la gloire,
Su rechercher de périlleux travaux;
Mais n'est-ce pas encore une victoire
Que de sauver la vie à des héros?...

VALENTIN.

Il est certain que les Français sont bien reçus chez vous...

BLINVAL.

Ah! quoique les soins de ma fortune m'aient fixé en Allemagne, depuis un an environ, je n'ai pas oublié ma patrie.

VALENTIN.

Ni moi... Je bois tous les jours à sa santé, pour m'en rafraîchir la mémoire.

BLINVAL.

Ma fille est comme nous..., elle ne peut perdre le souvenir de Paris... Elle m'en parle sans cesse... Aussi, comme elle est aux petits soins pour le colonel!...

VALENTIN.

Croyez-vous que tous les soins qu'elle lui donne soient pour l'amour de la patrie?...

BLINVAL.

Je ne sais... A Paris j'avais cru m'apercevoir qu'elle avait une inclination... Mais notre malade la lui a fait oublier... et j'en suis bien aise, parce que j'ai toujours eu un faible pour les braves !... J'étais né pour être brave... les dangers, les batailles... je ne connais que ça.

VALENTIN.

Oui... (*à part*) sur la carte !... (*haut*) Allons, allons, je vois bien que le colonel...

BLINVAL.

S'ils se conviennent, Mathilde est à lui.

VALENTIN.

D'autant plus, qu'en temps de guerre, il vaut mieux être femme que demoiselle !

BLINVAL.

A propos, je m'oubliais ici... J'ai à lui communiquer un plan... je vais savoir s'il est levé.

VALENTIN.

Qui? le plan?

BLINVAL.

Non, le colonel ! (*Il roule la carte et l'emporte sous son bras, il sort par la porte latérale, à gauche du spectateur.*)

SCENE II.

VALENTIN, *seul.*

Pardi, s'il est levé, je le crois bien, ma foi ! .... Il a une bonne raison pour l'être.... Il a même deux bonnes raisons.... L'amour et l'appétit.... mais surtout l'appétit, parce que..... (*regardant dans le jardin*) Ah ! mon Dieu ! qu'est-ce que je disais?.... Le voilà avec Mademoiselle ! .... Comme il s'appuie sur son bras... Il fait semblant de ne pas pouvoir marcher.... Dieu ! est-on faible quand on aime !... (*Il sort par la gauche.*)

SCENE III.

DERNON, MATHILDE.

(*Dernon est appuyé sur le bras de Mathilde.*)

MATHILDE.

AIR : *Il faut quitter le village.*

Vraiment votre force augmente ;
Je le sens... dès aujourd'hui
Votre marche chancelante
Pourra se passer d'appui.

DERNON.

Tant de bonté m'intéresse ;
Mais la force est-elle un bien !...
Je regrette ma faiblesse
S'il faut perdre un tel soutien.

ENSEMBLE

Non je sens que rien n'augmente
Cette force qui m'a fui,
Ma marche encor chancelante
A toujours besoin d'appui.

MATHILDE.

Vraiment votre force augmente, etc,

Oui, colonel, vous êtes beaucoup mieux que vous ne croyez.... Tous les jours j'interroge le docteur : je sais à quoi m'en tenir.

DERNON, *à part.*

Quelle attention touchante!... (*haut*)... Eh bien ! le docteur se trompe; je suis à peine convalescent, et je m'en console... Autrefois, j'aurais maudit une blessure qui m'eût retenu loin des périls et de la gloire... Aujourd'hui, je me résigne avec une facilité qui m'étonne... Je crois vraiment que je deviens... philosophe !...

MATHILDE.

Savez-vous que je n'approuve pas entièrement ce que vous appelez résignation et philosophie...

DERNON.

Et pourquoi donc?

MATHILDE.

La France a trop besoin des hommes de mérite qui la servent, pour que je vous encourage à rester dans l'inaction...

DERNON.

Vous êtes trop bonne, en vérité!.. Mais je puis, sans que mon devoir en souffre, me reposer quelque temps encore; le fort de Tilnitz n'est pas assiégé... D'ailleurs il renferme des officiers distingués... Si quelque chose pouvait m'y rappeler, ce serait le désir de revoir mon jeune frère...

MATHILDE.

Votre frère !...

DERNON.

Oui, un étourdi, que je ne puis m'empêcher d'aimer...

MATHILDE.

Mais, il me semble que c'est naturel...

DERNON.

Pas toujours!... Par exemple le mien a plus d'une fois été mon rival... A la guerre il m'enlevait des lauriers... Et pendant la paix, si je m'avisais de conter fleurette, le drôle arrivait exprès pour se charger du dénouement...

MATHILDE.

C'est donc un homme très dangereux !...

DERNON.

Il l'est beaucoup moins depuis quelque temps... Il est tourmenté par une passion malheureuse.

MATHILDE.

Une passion, avec le caractère que vous lui donnez!

DERNON.

C'est un amour de ma façon!... De lui-même il n'y serait jamais parvenu; mais j'y étais intéressé... il y allait de mon repos. Je ne sais trop, en vérité, pourquoi je vous entretiens de tout cela!...

MATHILDE, *souriant.*

Continuez donc, je vous prie... je suis femme, et curieuse.

DERNON.

Je m'y suis pris d'une manière très simple... Nous étions en garnison à Paris... Mon frère me dit un jour qu'il était sérieusement amoureux... il ne me dit pas qu'il était aimé... d'où je conclus qu'il ne l'était pas... Je lui fis croire que le suprême bonheur était d'aimer sans espoir... Moi, son aîné de quinze ans, son mentor, j'avais le droit de lui faire, et je lui faisais en effet des sermons sur la constance . sur la fidélité... Tant qu'il est resté en France, je n'ai pu le convaincre de ces choses-là...

MATHILDE.

Je conçois !... les exemples vous manquaient...

DERNON.

Mais, une fois en Allemagne, terre classique du sentiment...

MATHILDE, *gaîment.*

Patrie de Verther !

DERNON.

Là, j'ai achevé de le convertir, et maintenant je puis me permettre d'être amoureux ; il garde la plus stricte neutralité.

MATHILDE, *souriant.*

Et vous voulez, sans doute, profiter du repos qu'il vous laisse...

DERNON.

Vous me faites cette question en plaisantant... cependant rien n'est plus vrai :

AIR : *Ce que j'éprouve en vous voyant.*

J'aime, et je n'ose l'exprimer,
Celle que j'aime est si jolie !...
A sa bonté je dois la vie ;
Je lui dois de savoir aimer.
Le plaisir de la bienfaisance
A tant de charmes pour son cœur,
Que je veux par reconnaissance,
Lui devoir tout... jusqu'au bonheur !

Oui, Mademoiselle... jusqu'à présent je n'osais parler... je renfermais dans mon cœur des sentimens...

(*Mathilde paraît étonnée.*)

SCENE IV.

VALENTIN, DERNON, MATHILDE.

VALENTIN, *accourant et s'arrêtant tout à coup.*

Hum !... hum !...

DERNON, *à part.*

Au diable ! l'importun...

VALENTIN.

Je vous dérange, mon colonel, c'n'est pas ma faute... c'est celle d'un soldat qui vient d'apporter ce paquet pour vous...

DERNON.

Un soldat!... (*Il prend le paquet.*)

VALENTIN.

Oui!... un bon vivant!.. il avait chaud!.. il avait soif!.. c'est naturel, un hussard... je l'ai fait entrer à l'office... je lui ai donné du vin, et il buvait... il buvait!...

DERNON.

Ce sont des lettres de Tilnitz... Ah! ah! en voici une de mon frère... (*A Mathilde*)... Vous me permettez!...

MATHILDE.

Ces lettres vont vous entretenir de siéges, de combats... je crois qu'il est prudent de me retirer loin du théâtre de la guerre...

AIR : *Vaudeville des blouses.*

Parler de guerre et de diplomatie
Est un ennui, dont je veux m'affranchir :
Je n'entends rien à leur grave folie,
Et je vous laisse y rêver à loisir...

DERNON.

Vous me quittez!... mais la paix... je l'espère...
Dans peu d'instans, saura nous réunir...

VALENTIN, *à part.*

Ell' aim' la paix... mais le goût de la guerre,
Avec l'hymen, pourra bien lui venir...

ENSEMBLE.

MATHILDE.

Parler de guerre et de diplomatie, etc.

DERNON.

Parler de guerre et de diplomatie
Pour vous, je crois, est un triste plaisir,
Et j'attendrai qu'en ces lieux rétablie
La douce paix vienne nous réunir.

VLAENTIN, *à part.*

Ils ne sont pas trop contens, je l'parie,
De l'accident qui vient d'les désunir :
Mais, aussitôt qu'la paix s'ra rétablie,
Ils trouv'ront bien moyen d'se réunir.

(*Mathilde sort par la gauche et Valentin par la droite.*)

SCÈNE V.

DERNON, *seul.*

Charmante femme!... Oui, malgré mes quarante ans, j'en suis décidément amoureux!... Je crois que sans ces maudites lettres, j'allais me lancer tout à l'heure ; mais voyons ce que m'écrit Octave... (*Il lit.*) « Mon cher « frère, je n'ai reçu de toi aucune nouvelle depuis le « fatal combat... Je pensais que tu n'étais plus... cepen- « dant, je n'osais te pleurer; je te croyais mort au champ « d'honneur!...» (*s'interrompant.*) Ce cher frère... comme il m'aime!.. (*lisant.*) « Enfin, j'ai appris indirectement « que tu étais convalescent dans un fort joli château à « trois lieues de Tilnitz... Aussitôt... j'ai demandé un « congé et je l'ai obtenu...» (*s'interrompant encore.*) Ah! diable... quelle est son intention? (*lisant.*) « Je devrais « te quereller sur ton silence, et te garder rancune; mais « j'aime mieux t'embrasser, et dans une heure je serai « dans tes bras...» (*s'interrompant.*) Mon frère ici, dans une heure!... Il me fait trembler!.. (*lisant.*) « Je t'ai « averti de mon projet... parce que je connais ta sensi- « bilité, et que l'émotion pourrait être dangereuse dans « ton état. » En effet, c'est plus dangereux qu'il ne pense... Il va voir Mathilde... Je ne puis y consentir... Commençons par le consigner à la porte... Mais consigner mon frère!... que dirait M. Blinval!... J'y songe, il est un autre moyen... Oui, c'est cela! (*il appelle.*) Valentin! Valentin!

SCÈNE VI.

DERNON, VALENTIN.

VALENTIN.

Présent, colonel!

DERNON.

Allez dire à l'instant même au planton de service au château de n'y laisser pénétrer aucun capitaine d'artillerie, quel qu'il soit, et sous quelque prétexte qu'il se présente.

VALENTIN.

Suffit!... mon colonel!... (*Il sort.*)

SCENE VII.

DERNON, *seul.*

Ah! mon cher Octave, j'ai beau vous fuir, vous me poursuivez sans relâche... C'était bon autrefois, j'ai pu vous pardonner des espiègleries sans conséquence; mais aujourd'hui cela deviendrait sérieux... J'adore Mathilde mon dessein est de l'épouser... Je crois même que je ne ferais pas mal d'en parler à M. Blinval.

SCENE VIII.

DERNON, BLINVAL.

BLINVAL.

Ah! vous voilà, mon ami... Eh bien! les nouvelles?... On dit que nous en avons de récentes?

DERNON.

Je n'ai reçu d'intéressant qu'une lettre de mon frère.

BLINVAL.

Ah! vous avez un frère?

DERNON.

Oui, capitaine dans un régiment à Tilnitz.

BLINVAL.

Si près de nous! Il fallait lui écrire de venir au château... Ma fille et moi nous nous serions fait un vrai plaisir de le recevoir.

DERNON, *à part.*

Sa fille! c'est ce que je crains... (*haut*) Je vous ai déjà tant d'obligations! Comment pourrai-je m'acquitter de l'hospitalité que vous m'avez accordée si généreusement, et des soins touchans que j'ai reçus de votre chère Mathilde!

BLINVAL.

Ah! Mathilde! Elle est si bonne.

DERNON, *avec feu.*

Elle a mille qualités précieuses.

BLINVAL, *l'observant.*

N'est-il pas vrai qu'elle est douce, aimable, sensible?..

DERNON, *avec passion.*

Et belle comme un ange!

BLINVAL.

Avec cela, de la raison, des talens, de la modestie!

DERNON, *toujours avec feu.*

Et l'esprit le plus agréable!..

BLINVAL.

Vous sentez que je n'ose pas faire son éloge, parce que je suis son père!.. Mais enfin...

DERNON.

Vous êtes heureux d'avoir une telle fille!

BLINVAL, *malignement.*

Sans doute; mais son époux ne sera pas non plus très à plaindre.

DERNON, *inquiet.*

Vous avez peut-être déjà songé...

BLINVAL.

Certainement, mon choix est fait... Vous ne devinez-pas?

DERNON.

Non, je ne sais!..

BLINVAL.

AIR : *Le beau Lycas.*

Il a votre air, votre visage...

DERNON, *à part.*

Si c'était moi... Dieu! quel bonheur!

BLINVAL.

Il a des talens en partage;
Il est connu par sa valeur...
Enfin le hasard de la guerre
L'amène en ce lieu tutélaire;
De tendres soins l'ont accueilli,
Depuis lors je suis son ami.

(*Il lui prend la main.*)

DERNON.

Son ami!... ce mot-là m'éclaire,
C'est moi que vous avez choisi...

ENSEMBLE.

BLINVAL.

Votre ami... ce mot vous éclaire;
Oui, c'est bien vous que j'ai choisi.

DERNON.

Son ami... ce mot-là m'éclaire,
C'est moi que vous avez choisi.

BLINVAL.

Oui, colonel! si ma fille ne s'oppose pas à nos projets, c'est une affaire conclue... Mais je ne veux pas la contraindre... Avez-vous déjà...?

DERNON.

Pas encore... Ce matin seulement, j'avais commencé une espèce de déclaration....

BLINVAL.

Il faut l'achever... ou bien en faire une nouvelle... De mon côté, je vous promets de vous appuyer... C'est bien le diable si à deux nous ne parvenons pas à vous faire aimer.

SCENE IX.

DERNON, OCTAVE, BLINVAL.

OCTAVE, *dans la coulisse.*

Qu'on ait bien soin de mon cheval!... Le plus grand soin, entendez-vous?

DERNON.

Quelle voix!..

BLINVAL.

Qu'avez-vous donc?..

DERNON.

C'est lui... Il aura forcé la consigne.

OCTAVE, *courant embrasser Dernon.*

ENSEMBLE.

AIR : *Plaisir de notre enfance.*

Quel moment plein de charmes!
Partage mon bonheur;
Je viens loin des alarmes
Te presser sur mon cœur.

DERNON.

Quel moment plein de charmes!
Je ressens ton bonheur;
Je veux loin des alarmes
Te presser sur mon cœur.

(*à part.*)

Sa présence m'accable;
Je tremble, j'en convien.

OCTAVE.

A cet accueil aimable
Je le reconnais bien!

ENSEMBLE.

Quel moment, etc.

OCTAVE.

Eh! mon ami... Mon frère!.. Quel plaisir de te revoir, après t'avoir cru dans le sombre royaume!

AIR : *Du ménage de garçon.*

Je me disais, avec tristesse:
Mon frère habite chez les morts.

J'avais le projet, par tendresse,
De te rejoindre aux sombres bords;
Mais, retenu par le service,
Et par mes sermens engagé,
J'attendais qu'un boulet propice
Voulût bien signer mon congé.

Y a-t-il long-temps que je ne t'ai vu!..

DERNON.

Oui, oui, très-long-temps... Mais, dis-moi... n'as-tu rencontré aucun obstacle sur la route?..

OCTAVE.

Non... les chemins sont très-libres.

DERNON.

Plus près!...

OCTAVE.

J'ai pénétré jusqu'à toi, sans difficulté.

DERNON, *à part.*

Maudit planton!... (*haut*) Mais qu'est-ce que je vois?

OCTAVE, *montrant ses épaulettes.*

Mes épaulettes de major... C'est une surprise que je t'ai ménagée... Que dis-tu de cela?

DERNON.

Mais je dis... que tu aurais dû m'en instruire plus tôt. (*A part.*) J'aurais consigné les majors!...

OCTAVE, *à Dernon.*

Et la surprise?... (*à Blinval*) Monsieur, ayez la bonté d'excuser l'impolitesse avec laquelle je me suis présenté chez vous... Mais les liens du sang... un frère qu'on aime, et qu'on trouve ressuscité... c'est si rare!...

BLINVAL.

C'est trop juste, Monsieur... recevez aussi mon compliment sur votre nouveau grade.

OCTAVE.

Ce sont les chances de la guerre... on monte et on descend... moi, je suis monté parce que mon major s'est vu destitué par un obus... et puis, mon diable de colonel m'envoyait toujours le premier au feu... ce gaillard-là m'avait pris en amitié.

DERNON.

On n'a fait que rendre justice à ton courage... cette récompense t'était due...

OCTAVE.

Mon courage est bien pour quelque chose là-dedans; mais c'est le tien surtout... c'est ta réputation qui me vaut cela.

Air : *Dans un castel femme de haut lignage.*

Dans un combat, prodige de vaillance,
Où la victoire un moment chancelait,
Mon colonel au plus épais s'élance...
Déjà le nombre l'accablait.
Sur ses pas je me précipite ;
Il m'aperçoit, s'écrie : *à moi Dernon !*
Et l'ennemi prend aussitôt la fuite ;
Il était trompé par ton nom.

BLINVAL, *avec un enthousiasme comique.*
(*A part*).

Ce colonel ! ce major !... famille de héros !...

OCTAVE.

A propos, les épanchemens de l'amitié me faisaient oublier de te remettre des dépêches dont le général m'a chargé pour toi.

DERNON.

Voyons ! (*Il lit.*) « Colonel, je vous envoie votre no-« mination au poste de gouverneur du fort de Tilnitz et « de tout le pays qui en dépend. »

BLINVAL.

Je suis donc maintenant sous votre dépendance !

DERNON.

Vous n'aurez pas à vous en plaindre. (*Il lit.*) « Dans le « cas où votre santé ne vous permettrait pas de vous ren-« dre à Tilnitz, vous avez le pouvoir de remettre le com-« mandement *par interim* à celui des officiers de la gar-« nison que vous jugerez capable de vous remplacer... »

BLINVAL, *à part.*

Quelle confiance illimitée !... Je suis pour ce que j'ai dit... Famille de héros !...

OCTAVE.

Je te félicite à mon tour.

BLINVAL, *à part et en contemplant les deux frères.*

Ah ! si j'avais deux filles !...

DERNON, *à part.*

Et il faut que je parte !... Tout se réunit contre moi...

BLINVAL, *il passe entre les deux frères.*

Ah ! ça, Messieurs, les honneurs militaires sont fort

beaux sans doute; mais l'estomac d'un major parle comme celui d'un capitaine.

OCTAVE.

Comment donc ! il parle bien plus fort, par l'habitude du commandement.

BLINVAL.

Alors je vais songer au déjeûner, et vous verrez qu'au milieu de la gloutonnerie allemande, j'ai conservé le parfum de la gastronomie française.

AIR : *Vaudeville des Frères-de-lait.*

Par cent moyens, on peut se rendre illustre :
Par les exploits vous vous faites vanter ;
Moi, ne pouvant acquérir ce beau lustre,
Par mes dîners je me suis fait citer.
Paris en garde la mémoire ;
Et je ne suis pas le premier
Qui vit partir les rayons de sa gloire,
Des fourneaux de son cuisinier.

Je reviens à l'instant. (*Il sort.*)

SCÈNE X.

DERNON, OCTAVE.

OCTAVE.

Ça paraît être un brave homme?...

DERNON.

Excellent, mon ami !... (*à part*) Si je pouvais jusqu'à mon départ l'empêcher de voir Mathilde !...

OCTAVE. (*Il ôte son sabre et son colback.*)

Il me semble que tu ne te déplais pas chez lui ?... Comment, toi que j'ai vu si actif... peux-tu rester ainsi seul... à la campagne ?...

DERNON.

Que veux-tu?... je reviens tout-à-fait à la nature... les bosquets... les ruisseaux...

OCTAVE.

Je crois que tu me fais des idylles?...

DERNON.

Mais toi... comment as-tu gouverné les plaisirs ?

OCTAVE.

Tristement !... Tu sais bien qu'il n'est point de plaisir loin de celle qu'on aime...

DERNON.

Est-ce que vraiment tu penserais toujours à cette jeune personne de Paris ?...

OCTAVE.

Plus que jamais !... j'ai vainement essayé de me distraire. A Tilnitz, j'ai rencontré une petite femme charmante qui m'a offert des consolations.

DERNON.

Et tu les as refusées ?...

OCTAVE.

Non... cela ne se refuse pas... mais au bout de trois jours, le chagrin m'a repris... c'est fini, je ne veux plus rien...

DERNON.

Ainsi tu soupires, sans savoir si tu es payé de retour ?...

OCTAVE.

Et voilà pourquoi... si j'étais sûr !...

Air : *Du Carnaval.* (De Béranger.)

Oui, sans orgueil ici je le révèle,
Tant de beautés m'ont chéri tour à tour,
Que ma mémoire à peine se rappelle
Leur nombre et surtout leur amour ;
Mais une seule avec persévérance
A dédaigné mon hommage et mes vœux :
Je me souviens de son indifférence...
C'est pour cela que j'en reste amoureux.

DERNON, *à part.*

Allons, je puis sans danger lui laisser voir Mathilde. (*haut*) Ainsi, quand même tu trouverais l'occasion de faire la cour à une autre femme, tu n'en profiterais pas ?

OCTAVE.

Je ne ferais seulement pas attention à elle. Il n'y a plus pour moi qu'une seule jolie femme. Je sais bien que j'ai tort d'être comme cela... mais que veux-tu ?... les grandes passions sont despotiques...

DERNON.

Hé bien ! mon ami, persiste dans ces principes-là... ça te réussira tôt ou tard... tu retrouveras celle que tu aimes... il ne faut qu'une circonstance... un hasard...

OCTAVE, *regardant dans le fond.*

Hé ! mais... qu'est-ce que je vois ?...

DERNON.

Que vois-tu ?...

OCTAVE.

Une jeune personne !...

DERNON.

La fille de M. Blinval sans doute.

OCTAVE.

Ah ! il a une fille !... c'est qu'elle paraît fort bien... tournure aérienne... je ne sais quelle émotion j'éprouve à sa vue !...

DERNON, *à part.*

Et moi donc !... (*haut*) Octave, songe à ce que tu m'as dit tout à l'heure... Il n'y a plus pour toi qu'une seule jolie femme...

OCTAVE.

Oui, mon frère... mais c'est celle-là...

DERNON.

Celle-là !...

OCTAVE.

Tu me disais qu'il ne fallait qu'une circonstance... elle elle est arrivée...

DERNON.

Comment ?...

OCTAVE.

C'est Mathilde !... celle que j'aime... je suis le plus heureux des hommes !...

DERNON, *à part.*

Dieu !... quelle situation !...

SCENE XI.

MATHILDE, DERNON, OCTAVE.

ENSEMBLE.

AIR : *Doux momens !...* etc.

OCTAVE.

Quel bonheur !
Quel bonheur !
La voilà qui s'avance...
Voyons si ma présence
Agitera son cœur...

DERNON.

Quel malheur !
Quel malheur !

La voilà qui s'avance...
Voyons si sa présence
Agitera son cœur...

MATHILDE, *entrant par la gauche.*

Messieurs, de la part de mon père,
Je viens vous trouver en ces lieux.

OCTAVE *à Dernon.*

Allons, présente-moi, mon frère...
(*Il passe à côté de Mathilde.*)

MATHILDE, *à part.*

C'est lui...! c'est Octave!... grands Dieux!...

DERNON, *à part* (1).

Combien la rencontre est fâcheuse!...
De mon tourment je suis l'auteur...

OCTAVE.

Dernon, je te dois mon bonheur...

DERNON, *à part.*

Parbleu!... j'ai la main malheureuse!...

ENSEMBLE.

MATHILDE.

Quel bonheur! (*bis.*)
Quelle douce espérance!
Oui, déjà sa présence
Fait palpiter mon cœur.

OCTAVE.

Quel bonheur! (*bis.*)
Quelle douce espérance!
Je crois que ma présence
Fait palpiter son cœur.

DERNON.

Quel malheur! (*bis.*)
Maudite circonstance!...
Hélas! de ma souffrance
Moi-même suis l'auteur!...

MATHILDE.

Comment, Monsieur... Vous ici?...

OCTAVE.

Combien je rends grace au hasard, Mademoiselle, de m'y avoir conduit. Qu'on dise qu'il n'y a pas de bonheur dans le monde! (*à part.*) Si mon frère avait un peu de complaisance, il me ménagerait un tête-à-tête...

MATHILDE.

Cette rencontre ne m'étonne pas moins, Monsieur: j'ignorais même que vous fussiez le frère de M. Dernon...

---

(1) Dernon, Mathilde, Octave.

DERNON, *à part.*

Cela prouve qu'elle s'occupait fort peu de lui...

OCTAVE.

Il est vrai qu'à Paris, dans les sociétés où j'eus le bonheur de vous voir, on ne me connaissait que sous le nom d'Octave...

MATHILDE.

Et même ce nom était devenu synonime de...

OCTAVE.

D'étourdi... C'est pour cela que je n'avais pas pris celui de Dernon... pour éviter les synonymes de famille... mais je suis bien changé depuis ce temps-là!.. Je suis devenu triste... misanthrope!.. Demandez à mon frère...

DERNON, *malignement.*

Oui... l'amour...

OCTAVE

N'est-il pas vrai que je te parlais, tout à l'heure encore, d'une passion qui me consume?..

DERNON, *de même.*

C'est vrai... pour une dame de Tilnitz...

OCTAVE.

Du tout!.. Qu'est-ce que tu dis donc là?..

DERNON, *à Mathilde.*

Il ne veut pas en convenir... pure modestie...

MATHILDE.

Je vous crois sans peine: la réputation de M. Octave m'était déjà connue...

DERNON, *à part.*

Elle connaît sa réputation!.. je suis sauvé!..

OCTAVE.

Vraiment... Tu me ferais passer pour léger, pour infidèle!.. Moi, qui suis doué d'une constance... inamovible!.. (*à part.*) La conduite de mon frère m'inspire certains soupçons...

DERNON.

Allons, pourquoi t'alarmer? Nous allons partir pour Tilnitz.

OCTAVE.

Comment cela?..

DERNON, *à part.*

Il n'y a que ce moyen pour l'éloigner d'ici... (*Haut.*)

N'en suis-je pas gouverneur?.. Hé bien!.. à l'instant même j'y retourne avec toi...

OCTAVE.

Quelle nécessité!.. la trève est loin d'être expirée...

DERNON.

N'importe!..

AIR : *Vaudeville du Piége.*

Il faut partir,... l'ordre est précis;
Ne prolongeons point notre absence.
Pour combattre nos ennemis,
Peut-être on attend ma présence.
Au devoir je ne puis manquer...
(*à part.*)
Un autre soin vient me surprendre...
Je ne pars point pour attaquer.
(*Regardant Octave et Mathilde.*)
Je m'éloigne pour me défendre.

OCTAVE.

Joignez-vous à moi, Mademoiselle, pour engager mon frère...

MATHILDE.

Pourquoi insister lorsque tout vous appelle à Tilnitz?...

OCTAVE.

Allons, voilà la calomnie qui opère... (*à Dernon.*) Mais j'y songe... rien ne t'oblige à partir... n'as-tu pas le droit de céder ton commandement?...

DERNON.

Oui, dans le cas où je serais encore malade...

OCTAVE.

Précisément... mais... c'est que tu es très malade.

DERNON.

Tu crois?

OCTAVE.

Sans doute!... et tu veux t'exposer aux fatigues, quand tu peux choisir pour te remplacer parmi une foule d'excellens officiers...

DERNON, *à part.*

Oh! la bonne idée!... et c'est lui qui me la fournit... (*haut*) Allons, je me rends à tes instances... je reste, et je nomme pour mon remplaçant... toi, mon frère...

OCTAVE.

Moi?... (*à part*) je suis pris!... il n'y a plus de doute... il aime Mathilde!...

DERNON.

Eh bien ! tu ne dis rien ?...

OCTAVE.

Je dis que ton choix n'est pas très heureux...

DERNON.

Au contraire... tu me conviens mieux qu'un autre... tu sens bien que ce n'est pas parce que tu es mon frère... c'est ton mérite seul qui me décide... et je vais sur-le-champ écrire la cession de mes pouvoirs...

(*Il se place au secrétaire*).

OCTAVE, *à part.*

Ayons l'air de prendre la chose gaîment... (*haut*) Je me sens flatté de cette marque d'estime... (*à part*) tu me le paieras !...

(*Il s'appuie sur le dossier de la chaise de son frère, et lui parle bas.*)

MATHILDE, *à part.*

Air *nouveau de M. Béancour,*
ou *du Concert à la cour.*

Il va partir.
Sur lui j'ai perdu ma puissance.
Sans balancer il peut me fuir !...
Oui, je dois croire à son indifférence ;
Il va partir.

SCENE XII.

MATHILDE, BLINVAL, OCTAVE, DERNON.

(*Des domestiques suivent Blinval en apportant une table de déjeuner.*)

BLINVAL.

Messieurs, voici le déjeuner... Tous mes ordres sont donnés relativement au séjour de M. le major.

DERNON.

Ce n'était pas la peine, Monsieur.

BLINVAL.

Et pour quelle raison ?...

OCTAVE.

Le gouverneur de Tilnitz... abdique en ma faveur.

BLINVAL.

Ah ! par exemple, voilà un trait !... Au moins, nous vous possédons pour toute la journée ?

DERNON.

Impossible!... l'ordre du général est précis... Il faut qu'il parte à l'instant même!... Vous ne savez pas ce que c'est que la discipline militaire!...

BLINVAL.

Si fait! si fait! En théorie...

DERNON.

Déjeunez toujours...., je suis à vous...

(*Dernon se met à un secrétaire; Blinval, Octave et Mathilde se placent à une table de déjeuner; Octave et Mathilde sont à côté l'un de l'autre.*)

DERNON, *à part.*

Ah! diable! voilà un arrangement qui ne me plaît pas du tout. (*haut*) Réflexion faite, j'écrirai après déjeuner... (*Il quitte le secrétaire et s'approche d'eux.*)

OCTAVE, *le repoussant.*

Tu n'y penses pas, mon cher Dernon..., et la discipline!...

BLINVAL.

Votre frère a raison, colonel. La discipline!... diable! la discipline!... dépêchez-vous...

DERNON, *à part, retournant au secrétaire.*

Surveillons-les du moins.

(*Il écrit et les regarde de temps en temps.*)

BLINVAL.

Votre départ me chagrine, monsieur Octave, c'est dans le cas de m'empêcher de déjeuner...

OCTAVE.

Avouez, monsieur, qu'un militaire est bien malheureux!... Il vit dans la dépendance la plus sévère et quelquefois la plus injuste..., il est sans cesse obligé de renoncer à ses projets..., et souvent d'immoler le bonheur de toute sa vie à l'obéissance d'un moment...

BLINVAL.

C'est un peu fort, ce que vous dites là!...

OCTAVE.

Par exemple, Mademoiselle, ne plaindriez-vous pas un pauvre jeune homme qui, retrouvant une femme adorée, serait forcé de la quitter de nouveau pour obéir à son devoir?...

MATHILDE.

Ceci, Monsieur, n'est qu'une supposition...

BLINVAL.

Comme dit très-bien ma fille, ceci n'est qu'une supposition...

DERNON, *à part.*

Il me semble que la conversation s'anime là-bas?... (*haut*) Octave!...

OCTAVE.

Plaît-il?

DERNON.

Comment se porte ce sous-lieutenant qui était si drôle, tu sais?...

OCTAVE.

Parfaitement bien. (*à Mathilde.*) Vous dites, Mademoiselle, que ce n'est qu'une supposition?... Cependant la chose est arrivée..., et le jeune homme était d'autant plus à plaindre que, par suite des circonstances les plus fatales, celle qu'il aimait pouvait douter de son amour et de sa fidélité...

BLINVAL.

Diable!... c'est intéressant!... vous autres militaires vous savez toujours une foule d'anecdotes...

MATHILDE.

La jeune personne avait peut-être quelque sujet légitime de se défier...

OCTAVE.

Dites plutôt des préventions injustes...

DERNON, *l'interrompant.*

Tu dis qu'il se porte bien, le sous-lieutenant qui était si drôle?...

OCTAVE.

Parfaitement... la tête emportée par un boulet... Mais occupe-toi donc, que diable!...

BLINVAL.

C'est vrai..., occupez-vous donc..., vous nous faites perdre le fil de la narration...

OCTAVE, *à Mathilde.*

Le jeune homme, plus amoureux que jamais, tenait à se disculper, et, sans la présence de témoins importuns...

DERNON, *qui s'est approché.*

Tiens, tiens, mon ami..., tout est en règle... (*on*

quitte la table.) avec cela tu peux commander, ordonner dans tout le pays...

OCTAVE.

Tu verras bientôt si j'en sais faire un bon usage... (*à part.*)

Air : *Du courage, du courage.* (Le Maçon.)

Avec adresse, avec mystère,
Il faut me venger en ce jour,
Et par une ruse de guerre
Répondre à sa ruse d'amour.

(*Il va prendre son sabre et son colback.*)

MATHILDE, *à part.*

Oui, son départ est un outrage!...
Ne balançons pas davantage,
Je dois bannir cet amour-là.
Du courage, (*bis*)
Ma raison triomphera.

ENSEMBLE.

MATHILDE.

Du courage, (*bis*)
Ma raison triomphera.

OCTAVE.

Du courage, (*bis*)
L'amour me secondera.

DERNON.

Du courage, (*bis*)
Mon amour triomphera.

BLINVAL.

Et Mars vous couronnera.

(*Dernon sort avec Octave.*)

SCENE XIII.

MATHILDE, BLINVAL.

BLINVAL.

Charmans garçons tous les deux... Je suis désolé de voir partir le plus jeune... C'est un étourdi... mais un étourdi bien aimable...

MATHILDE.

On pourrait l'être davantage...

BLINVAL.

Il paraît que tu ne te laisses pas séduire par des dehors brillans... tu exiges des qualités essentielles... A ce compte-là... son frère?..

MATHILDE.

Il est en effet très estimable...

BLINVAL.

Puisque tu lui accordes une certaine affection... je ne dois plus te cacher qu'il désire t'épouser...

MATHILDE.

Moi, mon père?..

BLINVAL.

Sans doute... Il m'en a fait la demande... et j'ose espérer ton consentement.

MATHILDE.

Je ferai tout ce qu'il vous plaira...

BLINVAL.

Ainsi... je puis lui dire?..

MATHILDE, *l'arrêtant.*

Cependant...

Air : *De la Robe et des Bottes.*

De grâce, accordez-moi, mon père,
Une heure de réflexion.
Pour vous faire cette prière,
Croyez-moi, j'ai quelque raison.
Avec l'hymen il faut de la prudence;
Et j'aime mieux, malgré tous ses attraits,
Y songer un peu plus d'avance,
Pour moins y réfléchir après.

BLINVAL.

C'est trop juste... J'y consens. Ah! voici le colonel.

MATHILDE, *à part.*

Il est parti!

SCENE XIV.

MATHILDE, BLINVAL, DERNON.

BLINVAL.

Hé bien!.. il est parti?.. Cette séparation a dû bien vous coûter?

DERNON.

Vous ne vous en faites pas d'idée!.. Heureusement que le bonheur l'attend à Tilnitz. « Mon frère, m'a-t-il dit « en me quittant, si l'amour me seconde, j'espère bien-

« tôt t'inviter à ma noce. » Là-dessus, il a piqué des deux, et je ne suis rentré au château qu'après l'avoir perdu de vue.

BLINVAL.

Comment! sa noce?

DERNON.

Oui... Une passion... à Tilnitz.

MATHILDE, *à part.*

Ah! ma résolution est prise!

BLINVAL, *bas au colonel.*

Ah ça!.. j'ai parlé à Mathilde... Tout va bien.

DERNON, *bas.*

Elle consent?

BLINVAL, *bas.*

A peu près... (*bas à Mathilde.*) Ma fille, je te laisse à tes réflexions.

MATHILDE, *bas.*

Elles sont faites, mon père.

BLINVAL.

(*Bas.*) Déjà?.. Les femmes ne réfléchissent pas souvent... mais quand elles s'y mettent.

MATHILDE, *bas.*

Je suis prête à vous obéir.

BLINVAL.

Tu me combles de joie!.. Colonel... tout est décidé... Ma fille a dit oui.

DERNON.

Ah! Mademoiselle, comment vous peindre mon bonheur!

BLINVAL.

Je vais donc avoir un gendre!.. Et quel gendre!.. un héros!

AIR : *Du Vaudeville de la Visite.*

De vos cœurs je suis jaloux
De former la douce chaîne ;
Je pars, et bientôt j'amène
Le notaire auprès de vous.

DERNON.

Mathilde a su me charmer,
Et c'est pour toute la vie!...

MATHILDE, *à part.*

Hélas!... pourrai-je l'aimer?...

BLINVAL.

Entre eux quelle sympathie!...

ENSEMBLE.

De vos cœurs je suis jaloux, etc.

DERNON et MATHILDE.

De nos cœurs il est jaloux
De former la douce chaîne;
Il part, et bientôt amène
Le notaire auprès de nous.

(*Blinval sort.*)

SCENE XV.

MATHILDE, DERNON.

DERNON.

Ma conduite doit vous paraître étrange, Madame; avant de demander votre main à M. Blinval, je devrais chercher à vous plaire... y mettre tous mes soins... Ce n'est point à mon âge qu'on doit les regarder comme superflus.

MATHILDE.

En gagnant l'amitié de mon père, Monsieur, vous avez acquis des droits à la mienne, et son consentement vous répondait du mien.

DERNON.

Sans doute: c'est ainsi que raisonne un esprit aussi sage que le vôtre... mais le cœur ne suit pas toujours les lois de la raison.

MATHILDE.

Il est vrai... on peut quelquefois se former des idées qui ne se réalisent pas...

AIR : *Du Vaudeville de la Servante justifiée.*

Vous le savez, dans la jeunesse,
L'illusion captive notre cœur;
Trop confians en sa promesse
Nous nous plaisons à rêver le bonheur.
A cette apparence flatteuse
Je ne veux pas renoncer... car je crois
Que je puis encore être heureuse...
(*A part.*)
Mais ce n'est plus comme autrefois.

DERNON, *à part.*

Décidément elle m'aime, et j'avais tort de me défier de mon frère... (*haut*) Mais que veut dire ce bruit?

SCENE XVI.

MATHILDE, BLINVAL, DERNON.

BLINVAL, *tout essoufflé.*

Ah! mes enfans, voilà bien un autre événement!

MATHILDE.

Vous m'effrayez!

DERNON.

Qu'est-ce donc?

BLINVAL.

Un ordre supérieur!... rien que cela... écoutez.
(*Il lit*).

« Sera fusillé, dans les vingt-quatre heures, tout pro-
« priétaire qui gardera chez lui un militaire français en
« état de marcher, si ce dernier n'est porteur d'une per-
« mission.

« Signé, OCTAVE DERNON, gouverneur
« de Tilnitz, par *interim.* »

MATHILDE, *à part.*

Octave!

DERNON.

Quelque danger peut-être... (*à part*) mais non, c'est un tour que le drôle veut me jouer!

BLINVAL.

Être obligé de mettre mon gendre à la porte!... c'est d'une impolitesse!

DERNON.

Je ne lui pardonnerai jamais!

BLINVAL.

Je suis au désespoir de me trouver dans la nécessité...

DERNON.

Comment?... vous pourriez?... mais c'est une plaisanterie.

BLINVAL.

Une plaisanterie!... quand il y va de ma tête!

DERNON.

Vous ne devez pas prendre cet ordre au sérieux.

BLINVAL.

Il me semble cependant que l'expression : « *fusillé* »... D'ailleurs, Tilnitz n'est pas loin... allez voir votre frère... retirez-lui son commandement, ou prenez une permission.

DERNON.

Comment, vous me forceriez ?

BLINVAL.

Les perquisitions vont commencer dans le château... et je ne puis vous garder plus long-temps.

DERNON.

Quelle faiblesse !

BLINVAL.

Du tout ! Dans toute autre circonstance, je serais prêt à me sacrifier... je donnerais ma vie pour mon gendre... mais *fusillé !*

AIR : *Mon cœur a l'espoir d'abandonner.*

Malgré la parenté future
Et les droits de l'humanité,
Je ne puis si loin, je vous jure,
Pousser l'amour de l'hospitalité.
Allons, jusqu'au bout du village
Je vais accompagner vos pas,
Pour vous souhaiter bon voyage,
(*à part.*)
Et m'assurer qu'il ne reviendra pas.

ENSEMBLE.

Malgré la parenté future, etc.

DERNON et MATHILDE.

Malgré la parenté future
Et les droits de l'humanité,
Il ne peut si loin, { je vous jure, / il le jure,
Pousser l'amour de l'hospitalité.

(*Blinval sort avec Dernon*).

SCENE XVII.

MATHILDE *seule.*

Quel singulier événement !... est-ce une ruse d'Octave ? Je ne sais... mais je ne suis pas fâchée de ce départ!... il retardera peut-être mon mariage... mon mariage!

AIR *nouveau de M. Béancour.*

Je n'ose, hélas! descendre dans mon cœur...
Je crains d'y voir une image funeste!...
Oui, je le dois, doutons de ce malheur...
L'incertitude est le bien qui me reste.
Quand à mon sort un autre va s'unir,
Endormons bien ma première tendresse :
Si je n'ai pas la force de haïr
D'aimer au moins n'ayons pas la faiblesse.

OCTAVE, *dans la coulisse.*

J'entrerai, vous dis-je.

MATHILDE.

C'est sa voix!...

SCENE XVIII.

VALENTIN, *suivi des domestiques*, OCTAVE, MATHILDE.

VALENTIN *et les domestiques.*

AIR : *Du Barbier de Séville.* (de Rossini.)

Il faut qu'il sorte
Et qu'à c'te porte
L'un de nous s'mette en faction!
Il faut qu'il sorte
Par cette porte
S'il n'a pas de permission!

OCTAVE, *présentant un papier à Valentin.*

Ceci, je crois, calmera ta colère...
(*à part.*)
Comme un climat change un tempérament!
Il est Français... pourtant il vient me faire
Une querelle d'Allemand.
(*Il pose son sabre et son colback*).

CHŒUR, *à Valentin.*

Faut-il qu'il sorte
Par cette porte?

VALENTIN, *lisant.*

Un instant de réflexion...

CHŒUR.

Faut-il qu'il sorte
Par cette porte?

VALENTIN.

Non, voilà sa permission...

CHŒUR.

Non voilà sa permission.

(*Valentin sort avec eux*).

SCENE XIX.

OCTAVE, MATHILDE.

OCTAVE, *à part.*

Enfin les voilà partis, et je reste maître du champ de bataille!... (*haut*) Vous êtes étonnée de me voir, Mademoiselle? voilà la seconde fois aujourd'hui que je vous étonne de la même manière... mais cette fois ce n'est plus le hasard qui m'amène, c'est le désir de vous parler sans témoins.

MATHILDE.

Comment, monsieur?

OCTAVE.

Oui, Mademoiselle, tant que M. Blinval et mon frère auraient été ici, je n'aurais pu trouver l'occasion de vous entretenir, et j'ai dû les occuper d'eux-mêmes pour les empêcher de s'occuper de moi.

MATHILDE.

Je ne vois pas quelle utilité peut avoir ce stratagème.

OCTAVE.

Quand il n'aurait servi qu'à me ramener auprès de vous.

MATHILDE.

Je vous en prie, Monsieur, cessons de plaisanter.

OCTAVE.

En effet, Mademoiselle, je viens vous parler de choses bien autrement sérieuses.

MATHILDE.

De choses sérieuses?... vous!...

OCTAVE.

Cela vous surprend encore?... Il paraît que nous sommes tous les deux dans notre jour de surprises... car... de mon côté, je me suis aperçu que mon frère était mon rival... mais je vous aimais avant qu'il vous connût...

Air : *J'en guête un petit.*

Par votre grâce naturelle,
Jadis, je me laissai charmer;
Comme jadis, vous êtes belle,
Et mon frère a dû vous aimer.
Nous avons égale tendresse;
Mais au moins souffrez qu'une fois
L'amour, dérogeant à ses lois,
Fasse valoir son droit d'aînesse.

MATHILDE.

M. Octave, votre frère ne se fait pas un jeu de l'amour... et si jamais il m'eût dit qu'il m'aimait, j'aurais pu l'en croire...

OCTAVE.

Je m'aperçois en effet qu'il jouit de toute votre confiance... vous l'avez cru... même lorsqu'il m'a calomnié... Il vous a parlé d'une dame de Tilnitz et vous avez mieux aimé me condamner que de soupçonner sa bonne foi... Chère Mathilde... pourquoi ne m'avez-vous jamais accordé la même confiance?..

MATHILDE.

L'avez-vous jamais méritée?..

OCTAVE.

Oui, depuis que je vous ai vue. Dois-je sacrifier mon amour à celui de mon frère? Non, non... à moins que vous ne l'exigiez... jusque-là je puis espérer que votre bonheur ne dépend pas de lui...

MATHILDE, *à part.*

Je le crains!..

OCTAVE.

Vous hésitez !.. ah !.. Mathilde !.. un mot... un seul mot... serais-je aimé?

Air : *Ah! si madame me voyait.*

Ne m'accablez pas d'un refus...
Faites-moi l'aveu que j'implore.

MATHILDE.

Hélas ! vous ignorez encore
Que ma main ne m'appartient plus ;
Non, ma main ne m'appartient plus.
A votre frère elle est promise :
Mon père en a dicté l'arrêt.
Mon devoir est d'être soumise.

OCTAVE, *à part.*

(*Parlé.*)

Son devoir!..

(*Chanté.*)

Ah! j'étais sûr qu'elle m'aimait!
Oui, j'étais sûr qu'elle m'aimait.

MATHILDE.

Mais j'entends du bruit!.. c'est mon père... je tremble...

SCENE XX.

VALENTIN, OCTAVE, BLINVAL, MATHILDE.

VALENTIN.

Oui, Monsieur, il est revenu pendant votre absence.

BLINVAL.

A-t-il une permission au moins?

VALENTIN.

Pardi! je crois ben!.. c'est lui qui les fait. (*Il sort.*)

BLINVAL, *à Octave.*

Vous ne vous attendez pas sans doute, Monsieur, à ce que je donne des éloges à votre conduite?

OCTAVE, *embarrassé.*

J'avoue, Monsieur, qu'au premier coup d'œil je ne parais pas les mériter... (*à part*) Diable m'emporte si je sais comment me tirer de là!

BLINVAL.

Qu'est-ce à dire... au premier coup d'œil?

MATHILDE, *à part.*

Que va-t-il faire?

OCTAVE, *embarrassé.*

Oui, les apparences... sont contre moi... j'en conviens... mais ma conduite changera d'aspect quand on en connaîtra les motifs... vous verrez... vous me rendrez justice... et... tout à l'heure peut-être vous allez me remercier.

BLINVAL.

Vous remercier!.. d'avoir mis l'anarchie dans le château... mon gendre dehors et ma tête à deux doigts de sa perte!!

OCTAVE, *embarrassé.*

Un moment, Monsieur... raisonnons... je suis militaire..., étourdi..., par conséquent très-peu logicien... Quand je raisonne... je déroge; mais par déférence pour vous je vais essayer... et d'abord... partons... d'un principe... Qu'est-ce que vous désirez le plus au monde?

BLINVAL, *réfléchissant.*

Qu'est-ce que je désire le plus au monde?.. (*après un temps*) Ah! ça, quel galimathias!

OCTAVE, *triomphant.*

Qu'est-ce que vous désirez le plus au monde?.. N'est-ce pas le bonheur de votre fille?

BLINVAL, *convaincu.*

C'est ma foi vrai!

OCTAVE, *s'animant.*

Eh bien... vous alliez la sacrifier; vous alliez en faire une victime de l'obéissance filiale en l'unissant à mon frère; vous la forciez à dompter une inclination qui a résisté au temps, à l'absence... à un changement de climat!.. J'ai dû m'y opposer par intérêt pour vous et pour elle... je vous ai sauvés du péril... j'ai tout supporté pour y parvenir... j'ai employé la ruse, l'intrigue... cependant vous m'accablez de reproches!

BLINVAL, *impatienté.*

Mais c'est qu'en vérité, Monsieur...

OCTAVE.

AIR: *des Amazones.*

Pourquoi cette colère extrême?
J'ai droit à vos remercîmens :
Notre but n'est-il pas le même?
Nos moyens seuls sont différens.
(*Désignant Mathilde.*)
C'est son bonheur que vous cherchiez, j'espère,
Et, secondant ce généreux projet,
Pour achever ce que vous vouliez faire,
Moi, j'ai détruit ce que vous aviez fait.

BLINVAL, *réfléchissant.*

Il a détruit... ce que j'avais fait!.. Le diable m'emporte si j'y comprends rien!

SCENE XXI.

OCTAVE, DERNON, BLINVAL, MATHILDE, VALENTIN.

VALENTIN.

Vous n'entrerez pas sans permission...

DERNON, *le repoussant.*

Va-t-en au diable!...

BLINVAL.

Quoi! cher ami, c'est déjà vous!...

MATHILDE, *à part.*

Monsieur Dernon!...

DERNON.

Grâce à la prévoyance de monsieur mon frère, qui avait placé une sentinelle à moitié chemin pour me donner contre-ordre...

OCTAVE.

Sans doute... je n'ai pas voulu te fatiguer parce que tu es... convalescent.

DERNON.

Trève de plaisanteries!... (*à Blinval*) Monsieur, aurez-vous la bonté de m'expliquer ce qui s'est passé pendant mon absence?...

BLINVAL.

Ce qui s'est passé?... ce serait très-volontiers... mais j'allais m'en informer moi-même quand vous êtes arrivé...

MATHILDE, *passant auprès de Dernon.*

Colonel, c'est à moi à vous instruire. J'ai vu quelquefois M. Octave à Paris. Depuis ce moment il a cru qu'il m'aimait, et c'est pour me faire l'aveu de cet amour qu'il vous a éloigné; mais ne craignez rien; vous avez une promesse, et je suis prête... à m'y soumettre...

DERNON.

Vous y soumettre!...

OCTAVE, *bas à Dernon et vivement.*

Mon frère... fais-y attention... elle m'aime...

DERNON, *bas à Octave.*

Tu en es certain?

OCTAVE, *de même.*

Parole d'honneur!

DERNON, *après un temps.*

Il suffit... (*Haut à Blinval.*) Monsieur, je vous avais promis de faire le bonheur de votre fille, et je ne vois d'autre moyen d'y réussir... que de céder ma place à... cet étourdi-là... (*Il le prend par le bras, le fait passer à côté de Mathilde, et dit à part :*) Quand il sera marié j'aurai peut-être la liberté du choix.

BLINVAL, *à part avec enthousiasme.*

En amour comme en guerre, c'est une famille de héros!!...

OCTAVE.

Ce cher Dernon!...

DERNON.

Mathilde, j'avais cru cependant que vous m'aimiez?...

MATHILDE.

Oui, colonel... comme un frère.

VAUDEVILLE.

AIR : *du Vaudeville de Julien.*

DERNON.

Pour triompher de ses rivaux,
Chacun, ici-bas, fait la guerre;
A l'amant et même au héros
Un peu d'adresse est nécessaire.
(*A Octave et à Mathilde*).
Mais tous vos vœux sont satisfaits,
Plus de ruse, plus de querelle :
Faites que l'amour désormais,
Avec l'hymen signant la paix,
Près de vous reste en sentinelle.

BLINVAL.

Las de ne pouvoir obtenir
L'emploi brillant qu'il sollicite,
Un intrigant, pour réussir,
Prend femme jolie, au plus vite.
Il la charge de son placet;
Et, tandis que seul avec elle,
Le protecteur, jeune et discret,
Signe et paraphe le brevet...
Le protégé fait sentinelle.

OCTAVE.

Avide et toujours à l'affut
Des honneurs qu'on doit au mérite,
Sur les degrés de l'Institut
L'intrigue a placé sa guérite ;
Et si, de temps en temps, je vois
Entrer dans l'enceinte immortelle
L'auteur le plus digne du choix,
C'est que le sommeil quelquefois...
Gagne jusqu'à la sentinelle.

VALENTIN.

Un soir, dans la belle saison,
L'mari jaloux d'un' femm' sensible
Place à la porte d' sa maison
Un vieux caniche... incorruptible.
Là-d'ssus il s'endort tranquill'ment ;
Mais, à son réveil, près d'la belle
Pourquoi trouva-t-il un amant?...
C'est qu'un chiffonnier, en passant,...
Avait tué la sentinelle...

MATHILDE, *au Public.*

Pour loger au temple du goût
Sitôt qu'un nouvel hôte arrive,
La critique, toujours debout,
L'arrête en lui criant : « *Qui vive!* »
L'auteur, à ce fatal veto,
Ne sait, dans sa frayeur mortelle,
S'il doit rompre l'incognito...
Mais vous, messieurs, par un bravo,
Répondez à la sentinelle.

FIN.

On trouve chez le même Libraire un très grand nombre de pièces de théâtre anciennes et nouvelles.

NOUVELLES PIÈCES DE THÉATRE DONT IL EST ÉDITEUR, EXTRAITES DE SON CATALOGUE.

L'Amour et la Guerre, *vaudeville en un acte.*
Une dernière Heure de Liberté, *vaudeville en un acte.*
La Jambe de Bois, *mélodrame en trois actes.*
Les deux Jockos, *vaudeville en un acte.*
Thibaut et Justine, *vaudeville en un acte.*
Les Personnalités ou le Bureau de Cannes, *vaudeville en un acte.*
Les Drapeaux, ou l'Hôpital militaire, *vaudeville en un acte.*
Le Brelan d'amoureux, ou les trois Soufflets, *vaudeville en un acte.*
Jocko, ou le Singe du Brésil, *drame en deux actes.*
Les deux Tailleurs, ou la Fourniture et la Façon, *comédie-vaudeville en un acte.*
Les Lorrains, *vaudeville en un acte.*
Six mois de Constance, *vaudeville en un acte.*
Le Mariage par commission, ou le Seigneur allemand, *opéra comique en un acte.*
Les deux Cousins, *comédie-vaudeville en trois actes.*
Le Grenadier de Fanchon, *vaudeville grivois en un acte.*
La Folle pour rire, *vaudeville en un acte.*
Ma Femme se marie, *vaudeville en un acte.*
Pinson Père de Famille, *vaudeville en un acte.*
La Croix-d'Honneur, ou le Vieux Soldat, *vaudeville en un acte.*
Les Habits d'emprunts, *vaudeville en un acte.*
Les Mariages par circonstance, *comédie en un acte.*
Catherine, ou la Fille du Marin, *vaudeville en un acte.*
Blanche et Isolier, *vaudeville en un acte.*
La rue du Carrousel, ou le Marché aux Fleurs, *vaudeville en un acte.*

Les deux Officiers, *vaudeville en un acte.*

Le Tableau de Teniers, ou l'Artiste et l'Ouvrier, *vaudeville en un acte.*

Les trois Aveugles, *vaudeville en un acte.*

Une heure à Calais, *vaudeville en un acte.*

L'Officier et le Paysan, *opéra comique en un acte.*

La Tante et la Nièce, *vaudeville en un acte.*

Le Propriétaire à la porte, *comédie en un acte.*

L'Avocat et le Médecin, *vaudeville en un acte.*

Alfred, ou la bonne Tête, *comédie-vaudeville en un acte.*

Les Emprunts à la Mode, ou le Négociant sans Patente, *vaudeville en un acte.*

Le Château perdu, ou le Propriétaire supposé, *vaudeville en un acte.*

Le Grenier du Poète, *vaudeville en un acte.*

www.ingramcontent.com/pod-product-compliance
Ingram Content Group UK Ltd.
Pitfield, Milton Keynes, MK11 3LW, UK
UKHW022149170726
13837UKWH00004B/1881